Giovanni Verga

Rosso Malpelo

Malpelo si chiamava così perché aveva i capelli rossi; ed aveva i capelli rossi perché era un ragazzo malizioso e cattivo, che prometteva di riescire un fior di birbone. Sicché tutti alla cava della rena rossa lo chiamavano Malpelo; e persino sua madre, col sentirgli dir sempre a quel modo, aveva quasi dimenticato il suo nome di battesimo.

Del resto, ella lo vedeva soltanto il sabato sera, quando tornava a casa con quei pochi soldi della settimana; e siccome era malpelo c'era anche a temere che ne sottraesse un paio, di quei soldi: nel dubbio, per non sbagliare, la sorella maggiore gli faceva la ricevuta a scapaccioni.

Però il padrone della cava aveva confermato che i soldi erano tanti e non più; e in coscienza erano anche troppi per Malpelo, un monellaccio che nessuno avrebbe voluto vederselo davanti, e che tutti schivavano come un can rognoso, e lo accarezzavano coi piedi, allorché se lo trovavano a tiro.

Egli era davvero un brutto ceffo, torvo, ringhioso, e selvatico. Al mezzogiorno, mentre tutti gli altri operai della cava si mangiavano in crocchio la loro minestra, e facevano un po' di ricreazione, egli andava a rincantucciarsi col suo corbello fra le gambe, per rosicchiarsi quel po' di pane bigio, come fanno le bestie sue pari, e ciascuno gli diceva la sua, motteggiandolo, e gli tiravan dei sassi, finché il soprastante lo rimandava al lavoro con una pedata. Ei c'ingrassava, fra i calci, e si lasciava caricare meglio dell'asino grigio, senza osar di lagnarsi. Era sempre cencioso e sporco di rena rossa, che la sua sorella s'era fatta sposa, e aveva altro pel capo che pensare a ripulirlo la domenica. Nondimeno era conosciuto come la bettonica per tutto Monserrato e la Caverna, tanto che la cava dove lavorava la chiamavano «la cava di Malpelo», e cotesto al padrone gli seccava assai. Insomma lo tenevano addirittura per carità e perché mastro Misciu, suo padre, era morto in quella stessa cava.

Era morto così, che un sabato aveva voluto terminare certo lavoro preso a cottimo, di un pilastro lasciato altra volta per sostegno dell'ingrottato, e dacché non serviva più, s'era calcolato, così ad occhio col padrone, per 35 o 40 carra di rena. Invece mastro Misciu sterrava da tre giorni, e ne avanzava ancora per la mezza giornata del lunedì. Era stato un magro affare e solo un minchione come mastro Misciu aveva potuto lasciarsi gabbare a questo modo dal padrone; perciò appunto lo chiamavano mastro Misciu Bestia, ed era l'asino da basto di tutta la cava. Ei, povero diavolaccio, lasciava dire, e si contentava di buscarsi il pane colle sue braccia, invece di menarle addosso ai compagni, e attaccar brighe. Malpelo faceva un visaccio, come se quelle soperchierie cascassero sulle sue spalle, e così piccolo com'era aveva di quelle occhiate che facevano dire agli altri: - Va là, che tu non ci morrai nel tuo letto, come tuo padre -.

Invece nemmen suo padre ci morì, nel suo letto, tuttoché fosse una buona bestia. Zio Mommu lo sciancato, aveva detto che quel pilastro lì ei non l'avrebbe tolto per venti onze, tanto era pericoloso; ma d'altra parte tutto è pericolo nelle cave, e se si sta a badare a tutte le sciocchezze che si dicono, è meglio andare a fare l'avvocato.

Dunque il sabato sera mastro Misciu raschiava ancora il suo pilastro che l'avemaria era suonata da un pezzo, e tutti i suoi compagni avevano accesa la pipa e se n'erano andati dicendogli di divertirsi a grattar la rena per amor del padrone, o raccomandandogli di non fare la morte del sorcio. Ei, che c'era avvezzo alle beffe, non dava retta, e rispondeva soltanto cogli «ah! ah!» dei suoi bei colpi di zappa in pieno, e intanto borbottava:

- Questo è per il pane! Questo pel vino! Questo per la gonnella di Nunziata! - e così andava facendo il conto del come avrebbe speso i denari del suo appalto, il cottimante!

Fuori della cava il cielo formicolava di stelle, e laggiù la lanterna fumava e girava al pari di un arcolaio. Il grosso pilastro rosso, sventrato a colpi di zappa, contorcevasi e si piegava in arco, come se avesse il mal di pancia, e dicesse ohi! anch'esso. Malpelo andava sgomberando il terreno, e metteva al sicuro il piccone, il sacco vuoto ed il fiasco del vino.

Il padre, che gli voleva bene, poveretto, andava dicendogli: - Tirati in là! - oppure: - Sta attento! Bada se cascano dall'alto dei sassolini o della rena grossa, e scappa! - Tutt'a un tratto, punf! Malpelo, che si era voltato a riporre i ferri nel corbello, udì un tonfo sordo, come fa la rena traditora allorché fa pancia e si sventra tutta in una volta, ed il lume si spense.

L'ingegnere che dirigeva i lavori della cava, si trovava a teatro quella sera, e non avrebbe cambiato la sua poltrona con un trono, quando vennero a cercarlo per il babbo di Malpelo che aveva fatto la morte del sorcio. Tutte le femminucce di Monserrato, strillavano e si picchiavano il petto per annunziare la gran disgrazia ch'era toccata a comare Santa, la sola, poveretta, che non dicesse nulla, e sbatteva i denti invece, quasi avesse la terzana. L'ingegnere, quando gli ebbero detto il come e il quando, che la disgrazia era accaduta da circa tre ore, e Misciu Bestia doveva già essere bell'e arrivato in Paradiso, andò proprio per scarico di coscienza, con scale e corde, a fare il buco nella rena. Altro che quaranta carra! Lo sciancato disse che a sgomberare il sotterraneo ci voleva almeno una settimana. Della rena ne era caduta una montagna, tutta fina e ben bruciata dalla lava, che si sarebbe impastata colle mani, e dovea prendere il doppio di calce. Ce n'era da riempire delle carra per delle settimane. Il bell'affare di mastro Bestia!

Nessuno badava al ragazzo che si graffiava la faccia ed urlava, come una bestia davvero.

- To'! - disse infine uno. - È Malpelo! Di dove è saltato fuori, adesso?

- Se non fosse stato Malpelo non se la sarebbe passata liscia... -

Malpelo non rispondeva nulla, non piangeva nemmeno, scavava colle unghie colà, nella rena, dentro la buca, sicché nessuno s'era accorto di lui; e quando si accostarono col lume, gli videro tal viso stravolto, e tali occhiacci invetrati, e la schiuma alla bocca da far paura; le unghie gli si erano strappate e gli pendevano dalle mani tutte in sangue. Poi quando vollero toglierlo di là fu un affar serio; non potendo più graffiare, mordeva come un cane arrabbiato, e dovettero afferrarlo pei capelli, per tirarlo via a viva forza.

Però infine tornò alla cava dopo qualche giorno, quando sua madre piagnucolando ve lo condusse per mano; giacché, alle volte, il pane che si mangia non si può andare a cercarlo di qua e di là. Lui non volle più allontanarsi da quella galleria, e sterrava con accanimento, quasi ogni corbello di rena lo levasse di sul petto a suo padre. Spesso, mentre scavava, si fermava bruscamente, colla zappa in aria, il viso torvo e gli occhi stralunati, e sembrava che stesse ad ascoltare qualche cosa che il suo diavolo gli susurrasse nelle orecchie, dall'altra parte della montagna di rena caduta. In quei giorni era più tristo e cattivo del solito, talmente che non mangiava quasi, e il pane lo buttava al cane, quasi non fosse grazia di Dio. Il cane gli voleva bene, perché i cani non guardano altro che la mano che gli dà il pane, e le botte, magari. Ma l'asino, povera bestia, sbilenco e macilento, sopportava tutto lo sfogo della cattiveria di Malpelo; ei lo picchiava senza pietà, col manico della zappa, e borbottava:

- Così creperai più presto! -

Dopo la morte del babbo pareva che gli fosse entrato il diavolo in corpo, e lavorava al pari di quei bufali feroci che si tengono coll'anello di ferro al naso. Sapendo che era malpelo, ei si acconciava ad esserlo il peggio che fosse possibile, e se accadeva una disgrazia, o che un operaio smarriva i ferri, o che un asino si rompeva una gamba, o che crollava un tratto di galleria, si sapeva sempre che era stato lui; e infatti ei si pigliava le busse senza protestare, proprio come se le pigliano gli asini che curvano la schiena, ma seguitano a fare a modo loro. Cogli altri ragazzi poi era addirittura crudele, e sembrava che si volesse vendicare sui deboli di tutto il male che s'immaginava gli avessero fatto gli altri, a lui e al suo babbo. Certo ei provava uno strano diletto a rammentare ad uno ad uno tutti i maltrattamenti ed i soprusi che avevano fatto subire a suo padre, e del modo in cui l'avevano lasciato crepare. E quando era solo borbottava: - Anche con me fanno così! e a mio padre gli dicevano Bestia, perché egli non faceva così! - E una volta che passava il padrone, accompagnandolo con un'occhiata torva: - È stato lui! per trentacinque tarì! - E un'altra volta, dietro allo Sciancato: - E anche lui! e si metteva a ridere! Io l'ho udito, quella sera! -

Per un raffinamento di malignità sembrava aver preso a proteggere un povero ragazzetto, venuto a lavorare da poco tempo nella cava, il quale per una caduta da un ponte s'era lussato il femore, e non poteva far più il manovale. Il poveretto, quando portava il suo corbello di rena in spalla, arrancava in modo che gli avevano messo nome Ranocchio; ma lavorando sotterra, così Ranocchio com'era, il suo pane se lo buscava. Malpelo gliene dava anche del suo, per prendersi il gusto di tiranneggiarlo, dicevano.

Infatti egli lo tormentava in cento modi. Ora lo batteva senza un motivo e senza misericordia, e se Ranocchio non si difendeva, lo picchiava più forte, con maggiore accanimento, dicendogli: - To', bestia! Bestia sei! Se non ti senti l'animo di difenderti da me che non ti voglio male, vuol dire che ti lascerai pestare il viso da questo e da quello! -.

O se Ranocchio si asciugava il sangue che gli usciva dalla bocca e dalle narici: - Così, come ti cuocerà il dolore delle busse, imparerai a darne anche tu! - Quando cacciava un asino carico per la ripida salita del sotterraneo, e lo vedeva puntare gli zoccoli, rifinito, curvo sotto il peso, ansante e coll'occhio spento, ei lo batteva senza misericordia, col manico della zappa, e i colpi suonavano secchi sugli stinchi e sulle costole scoperte. Alle volte la bestia si piegava in due per le battiture, ma stremo di forze, non poteva fare un passo, e cadeva sui ginocchi, e ce n'era uno il quale era caduto tante volte, che ci aveva due piaghe alle gambe. Malpelo soleva dire a Ranocchio: - L'asino va picchiato, perché non può picchiar lui; e s'ei potesse picchiare, ci pesterebbe sotto i piedi e ci strapperebbe la carne a morsi -.

Oppure: - Se ti accade di dar delle busse, procura di darle più forte che puoi; così gli altri ti terranno da conto, e ne avrai tanti di meno addosso -.

Lavorando di piccone o di zappa poi menava le mani con accanimento, a mo' di uno che l'avesse con la rena, e batteva e ribatteva coi denti stretti, e con quegli ah! ah! che aveva suo padre. - La rena è traditora, - diceva a Ranocchio sottovoce; - somiglia a tutti gli altri, che se sei più debole ti pestano la faccia, e se sei più forte, o siete in molti, come fa lo Sciancato, allora si lascia vincere. Mio padre la batteva sempre, ed egli non batteva altro che la rena, perciò lo chiamavano Bestia, e la rena se lo mangiò a tradimento, perché era più forte di lui -.

Ogni volta che a Ranocchio toccava un lavoro troppo pesante, e il ragazzo piagnucolava a guisa di una femminuccia, Malpelo lo picchiava sul dorso, e lo sgridava: - Taci, pulcino! - e se Ranocchio non la finiva più, ei gli dava una mano, dicendo con un certo orgoglio: - Lasciami fare; io sono più forte di te -. Oppure gli dava la sua mezza cipolla, e si contentava di mangiarsi il pane asciutto, e si stringeva nelle spalle, aggiungendo: - Io ci sono avvezzo -.

Era avvezzo a tutto lui, agli scapaccioni, alle pedate, ai colpi di manico di badile, o di cinghia da basto, a vedersi ingiuriato e beffato da tutti, a dormire sui sassi colle braccia e la schiena rotta da quattordici ore di lavoro; anche a digiunare era avvezzo, allorché il padrone lo puniva levandogli il pane o la minestra. Ei diceva che la razione di busse non gliel'aveva levata mai, il padrone; ma le busse non costavano nulla. Non si lamentava però, e si vendicava di soppiatto, a tradimento, con qualche tiro di quelli che sembrava ci avesse messo la coda il diavolo: perciò ei si pigliava sempre i castighi, anche quando il colpevole non era stato lui. Già se non era stato lui sarebbe stato capace di esserlo, e non si giustificava mai: per altro sarebbe stato inutile. E qualche volta, come Ranocchio spaventato lo scongiurava piangendo di dire la verità, e di scolparsi, ei ripeteva: - A che giova? Sono malpelo! - e nessuno avrebbe potuto dire se quel curvare il capo e le spalle sempre fosse effetto di fiero orgoglio o di disperata rassegnazione, e non si sapeva nemmeno se la sua fosse salvatichezza o timidità. Il certo era che nemmeno sua madre aveva avuta mai una carezza da lui, e quindi non gliene faceva mai.

Il sabato sera, appena arrivava a casa con quel suo visaccio imbrattato di lentiggini e di rena rossa, e quei cenci che gli piangevano addosso da ogni parte, la sorella afferrava il manico della scopa, scoprendolo sull'uscio in quell'arnese, ché avrebbe fatto scappare il suo damo se vedeva con qual gente gli toccava imparentarsi; la madre era sempre da questa o da quella vicina, e quindi egli andava a rannicchiarsi sul suo saccone come un cane malato. Per questo, la domenica, in cui tutti gli altri ragazzi del vicinato si mettevano la camicia pulita per andare a messa o per ruzzare nel cortile, ei sembrava non avesse altro spasso che di andar randagio per le vie degli orti, a dar la caccia alle lucertole e alle altre povere bestie che non gli avevano fatto nulla, oppure a sforacchiare le siepi dei fichidindia. Per altro le beffe e le sassate degli altri fanciulli non gli piacevano.

La vedova di mastro Misciu era disperata di aver per figlio quel malarnese, come dicevano tutti, ed egli era ridotto veramente come quei cani, che a furia di buscarsi dei calci e delle sassate da questo e da quello, finiscono col mettersi la coda fra le gambe e scappare alla prima anima viva che vedono, e diventano affamati, spelati e selvatici come lupi. Almeno sottoterra, nella cava della rena, brutto, cencioso e lercio com'era, non lo beffavano più, e sembrava fatto apposta per quel mestiere persin nel colore dei capelli, e in quegli occhiacci di gatto che ammiccavano se vedevano il sole. Così ci sono degli asini che lavorano nelle cave per anni ed anni senza uscirne mai più, ed in quei sotterranei, dove il pozzo d'ingresso è a picco, ci si calan colle funi, e ci restano finché vivono. Sono asini vecchi, è vero, comprati dodici o tredici lire, quando stanno per portarli alla Plaja, a strangolarli; ma pel lavoro che hanno da fare laggiù sono ancora buoni; e Malpelo, certo, non valeva di più; se veniva fuori dalla cava il sabato sera, era perché aveva anche le mani per aiutarsi colla fune, e doveva andare a portare a sua madre la paga della settimana.

Certamente egli avrebbe preferito di fare il manovale, come Ranocchio, e lavorare cantando sui ponti, in alto, in mezzo all'azzurro del cielo, col sole sulla schiena, - o il carrettiere, come compare Gaspare, che veniva a prendersi la rena della cava, dondolandosi sonnacchioso sulle stanghe, colla pipa in bocca, e andava tutto il giorno per le belle strade di campagna; - o meglio ancora, avrebbe voluto fare il contadino, che passa la vita fra i campi, in mezzo ai verde, sotto i folti carrubbi, e il mare turchino là in fondo, e il canto degli uccelli sulla testa. Ma quello era stato il mestiere di suo padre, e in quel mestiere era nato lui. E pensando a tutto ciò, narrava a Ranocchio del pilastro che era caduto addosso al genitore, e dava ancora della rena fina e bruciata che il carrettiere veniva a caricare colla pipa in bocca, e dondolandosi sulle stanghe, e gli diceva che quando avrebbero finito di sterrare si sarebbe trovato il cadavere del babbo, il quale doveva avere dei calzoni di fustagno quasi nuovi. Ranocchio aveva paura, ma egli no. Ei pensava che era stato sempre là, da bambino, e aveva sempre visto quel buco nero, che si sprofondava sotterra, dove il padre soleva condurlo per mano. Allora stendeva le braccia a destra e a sinistra, e descriveva come l'intricato laberinto delle gallerie si stendesse sotto i loro piedi all'infinito, di qua e di là, sin dove potevano vedere la sciara nera e desolata, sporca di ginestre riarse, e come degli uomini ce n'erano rimasti tanti, o schiacciati, o smarriti nel buio, e che camminano da anni e camminano ancora, senza poter scorgere lo spiraglio del pozzo pel quale sono entrati, e senza poter udire le strida disperate dei figli, i quali li cercano inutilmente.

Ma una volta in cui riempiendo i corbelli si rinvenne una delle scarpe di mastro Misciu, ei fu colto da tal tremito che dovettero tirarlo all'aria aperta colle funi, proprio come un asino che stesse per dar dei calci al vento. Però non si poterono trovare né i calzoni quasi nuovi, né il rimanente di mastro Misciu; sebbene i pratici affermarono che quello dovea essere il luogo preciso dove il pilastro gli si era rovesciato addosso; e qualche operaio, nuovo al mestiere, osservava curiosamente come fosse capricciosa la rena, che aveva sbatacchiato il Bestia di qua e di là, le scarpe da una parte e i piedi dall'altra.

Dacché poi fu trovata quella scarpa, Malpelo fu colto da tal paura di veder comparire fra la rena anche il piede nudo del babbo, che non volle mai più darvi un colpo di zappa, gliela dessero a lui sul capo, la zappa. Egli andò a lavorare in un altro punto della galleria, e non volle più tornare da quelle parti. Due o tre giorni dopo scopersero infatti il cadavere di mastro Misciu, coi calzoni indosso, e steso bocconi che sembrava imbalsamato. Lo zio Mommu osservò che aveva dovuto penar molto a finire, perché il pilastro gli si era piegato proprio addosso, e l'aveva sepolto vivo: si poteva persino vedere tutt'ora che mastro Bestia avea tentato istintivamente di liberarsi scavando nella rena, e avea le mani lacerate e le unghie rotte.

- Proprio come suo figlio Malpelo! - ripeteva lo sciancato - ei scavava di qua, mentre suo figlio scavava di là -. Però non dissero nulla al ragazzo, per la ragione che lo sapevano maligno e vendicativo.

Il carrettiere si portò via il cadavere di mastro Misciu al modo istesso che caricava la rena caduta e gli asini morti, ché stavolta, oltre al lezzo del carcame, trattavasi di un compagno, e di carne battezzata. La vedova rimpiccolì i calzoni e la camicia, e li adattò a Malpelo, il quale così fu vestito quasi a nuovo per la prima volta. Solo le scarpe furono messe in serbo per quando ei fosse cresciuto, giacché rimpiccolire le scarpe non si potevano, e il fidanzato della sorella non le aveva volute le scarpe del morto.

Malpelo se li lisciava sulle gambe, quei calzoni di fustagno quasi nuovi, gli pareva che fossero dolci e lisci come le mani del babbo, che solevano accarezzargli i capelli, quantunque fossero così ruvide e callose. Le scarpe poi, le teneva appese a un chiodo, sul saccone, quasi fossero state le pantofole del papa, e la domenica se le pigliava in mano, le lustrava e se le provava; poi le metteva per terra, l'una accanto all'altra, e stava a guardarle, coi gomiti sui ginocchi, e il mento nelle palme, per delle ore intere, rimuginando chi sa quali idee in quel cervellaccio.

Ei possedeva delle idee strane, Malpelo! Siccome aveva ereditato anche il piccone e la zappa del padre, se ne serviva, quantunque fossero troppo pesanti per l'età sua; e quando gli aveano chiesto se voleva venderli, che glieli avrebbero pagati come nuovi, egli aveva risposto di no. Suo padre li aveva resi così lisci e lucenti nel manico colle sue mani, ed ei non avrebbe potuto farsene degli altri più lisci e lucenti di quelli, se ci avesse lavorato cento e poi cento anni. In quel tempo era crepato di stenti e di vecchiaia l'asino grigio; e il carrettiere era andato a buttarlo lontano nella sciara.

- Così si fa, - brontolava Malpelo; - gli arnesi che non servono più, si buttano lontano -.

Egli andava a visitare il carcame del grigio in fondo al burrone, e vi conduceva a forza anche Ranocchio, il quale non avrebbe voluto andarci; e Malpelo gli diceva che a questo mondo bisogna avvezzarsi a vedere in faccia ogni cosa, bella o brutta; e stava a considerare con l'avida curiosità di un monellaccio i cani che accorrevano da tutte le fattorie dei dintorni a disputarsi le carni del grigio. I cani scappavano guaendo, come comparivano i ragazzi, e si aggiravano ustolando sui greppi dirimpetto, ma il Rosso non lasciava che Ranocchio li scacciasse a sassate. - Vedi quella cagna nera, - gli diceva, - che non ha paura delle tue sassate? Non ha paura perché ha più fame degli altri. Gliele vedi quelle costole al grigio? Adesso non soffre più -. L'asino grigio se ne stava tranquillo, colle quattro zampe distese, e lasciava che i cani si divertissero a vuotargli le occhiaie profonde, e a spolpargli le ossa bianche; i denti che gli laceravano le viscere non lo avrebbero fatto piegare di un pelo, come quando gli accarezzavano la schiena a badilate, per mettergli in corpo un po' di vigore nel salire la ripida viuzza. - Ecco come vanno le cose! Anche il grigio ha avuto dei colpi di zappa e delle guidalesche; anch'esso quando piegava sotto il peso, o gli mancava il fiato per andare innanzi, aveva di quelle occhiate, mentre lo battevano, che sembrava dicesse: «Non più! non più!». Ma ora gli occhi se li mangiano i cani, ed esso se ne ride dei colpi e delle guidalesche, con quella bocca spolpata e tutta denti. Ma se non fosse mai nato sarebbe stato meglio -.

La sciara si stendeva malinconica e deserta, fin dove giungeva la vista, e saliva e scendeva in picchi e burroni, nera e rugosa, senza un grillo che vi trillasse, o un uccello che venisse a cantarci. Non si udiva nulla, nemmeno i colpi di piccone di coloro che lavoravano sotterra. E ogni volta Malpelo ripeteva che la terra lì sotto era tutta vuota dalle gallerie, per ogni dove, verso il monte e verso la valle; tanto che una volta un minatore c'era entrato da giovane, e n'era uscito coi capelli bianchi, e un altro, cui s'era spenta la candela, aveva invano gridato aiuto per anni ed anni.

- Egli solo ode le sue stesse grida! - diceva, e a quell'idea, sebbene avesse il cuore più duro della sciara, trasaliva.

- Il padrone mi manda spesso lontano, dove gli altri hanno paura d'andare. Ma io sono Malpelo, e se non torno più, nessuno mi cercherà -.

Pure, durante le belle notti d'estate, le stelle splendevano lucenti anche sulla sciara, e la campagna circostante era nera anch'essa, come la lava, ma Malpelo, stanco della lunga giornata di lavoro, si sdraiava sul sacco, col viso verso il cielo, a godersi quella quiete e quella luminaria dell'alto; perciò odiava le notti di luna, in cui il mare formicola di scintille, e la campagna si disegna qua e là vagamente - perché allora la sciara sembra più bella e desolata.

- Per noi che siamo fatti per vivere sotterra, - pensava Malpelo, - dovrebbe essere buio sempre e da per tutto -.

La civetta strideva sulla sciara, e ramingava di qua e di là; ei pensava:
- Anche la civetta sente i morti che son qua sotterra, e si dispera perché non può andare a trovarli -.
Ranocchio aveva paura delle civette e dei pipistrelli; ma il Rosso lo sgridava, perché chi è costretto a star solo non deve aver paura di nulla, e nemmeno l'asino grigio aveva paura dei cani che se lo spolpavano, ora che le sue carni non sentivano più il dolore di esser mangiate.
- Tu eri avvezzo a lavorar sui tetti come i gatti, - gli diceva, - e allora era tutt'altra cosa. Ma adesso che ti tocca a viver sotterra, come i topi, non bisogna più aver paura dei topi, né dei pipistrelli, che son topi vecchi con le ali; quelli ci stanno volentieri in compagnia dei morti -.
Ranocchio invece provava una tale compiacenza a spiegargli quel che ci stessero a far le stelle lassù in alto; e gli raccontava che lassù c'era il paradiso, dove vanno a stare i morti che sono stati buoni, e

non hanno dato dispiaceri ai loro genitori. - Chi te l'ha detto? - domandava Malpelo, e Ranocchio rispondeva che glielo aveva detto la mamma.

Allora Malpelo si grattava il capo, e sorridendo gli faceva un certo verso da monellaccio malizioso che la sa lunga. - Tua madre ti dice così perché, invece dei calzoni, tu dovresti portar la gonnella -.

E dopo averci pensato un po':

- Mio padre era buono, e non faceva male a nessuno, tanto che lo chiamavano Bestia. Invece è là sotto, ed hanno persino trovato i ferri, le scarpe e questi calzoni qui che ho indosso io -.

Da lì a poco, Ranocchio, il quale deperiva da qualche tempo, si ammalò in modo che la sera dovevano portarlo fuori dalla cava sull'asino, disteso fra le corbe, tremante di febbre come un pulcin bagnato. Un operaio disse che quel ragazzo non ne avrebbe fatto osso duro a quel mestiere, e che per lavorare in una miniera, senza lasciarvi la pelle, bisognava nascervi. Malpelo allora si sentiva orgoglioso di esserci nato, e di mantenersi così sano e vigoroso in quell'aria malsana, e con tutti quegli stenti. Ei si caricava Ranocchio sulle spalle, e gli faceva animo alla sua maniera, sgridandolo e picchiandolo. Ma una volta, nel picchiarlo sul dorso, Ranocchio fu colto da uno sbocco di sangue; allora Malpelo spaventato si affannò a cercargli nel naso e dentro la bocca cosa gli avesse fatto, e giurava che non avea potuto fargli poi gran male, così come l'aveva battuto, e a dimostrarglielo, si dava dei gran pugni sul petto e sulla schiena, con un sasso; anzi un operaio, lì presente, gli sferrò un gran calcio sulle spalle: un calcio che risuonò come su di un tamburo, eppure Malpelo non si mosse, e soltanto dopo che l'operaio se ne fu andato, aggiunse:

- Lo vedi? Non mi ha fatto nulla! E ha picchiato più forte di me, ti giuro! -

Intanto Ranocchio non guariva, e seguitava a sputar sangue, e ad aver la febbre tutti i giorni. Allora Malpelo prese dei soldi della paga della settimana, per comperargli del vino e della minestra calda, e gli diede i suoi calzoni quasi nuovi, che lo coprivano meglio. Ma Ranocchio tossiva sempre, e alcune volte sembrava soffocasse; la sera poi non c'era modo di vincere il ribrezzo della febbre, né con sacchi, né coprendolo di paglia, né mettendolo dinanzi alla fiammata. Malpelo se ne stava zitto ed immobile, chino su di lui, colle mani sui ginocchi, fissandolo con quei suoi occhiacci spalancati, quasi volesse fargli il ritratto, e allorché lo udiva gemere sottovoce, e gli vedeva il viso trafelato e l'occhio spento, preciso come quello dell'asino grigio allorché ansava rifinito sotto il carico nel salire la viottola, egli borbottava:

- È meglio che tu crepi presto! Se devi soffrire a quel modo, è meglio che tu crepi! -

E il padrone diceva che Malpelo era capace di schiacciargli il capo, a quel ragazzo, e bisognava sorvegliarlo.

Finalmente un lunedì Ranocchio non venne più alla cava, e il padrone se ne lavò le mani, perché allo stato in cui era ridotto oramai era più di impiccio che altro. Malpelo si informò dove stesse di casa, e il sabato andò a trovarlo. Il povero Ranocchio era più di là che di qua; sua madre piangeva e si disperava come se il figliuolo fosse di quelli che guadagnano dieci lire la settimana.

Cotesto non arrivava a comprenderlo Malpelo, e domandò a Ranocchio perché sua madre strillasse a quel modo, mentre che da due mesi ei non guadagnava nemmeno quel che si mangiava. Ma il povero Ranocchio non gli dava retta; sembrava che badasse a contare quanti travicelli c'erano sul tetto. Allora il Rosso si diede ad almanaccare che la madre di Ranocchio strillasse a quel modo perché il suo figliuolo era sempre stato debole e malaticcio, e l'aveva tenuto come quei marmocchi che non si slattano mai. Egli invece era stato sano e robusto, ed era malpelo, e sua madre non aveva mai pianto per lui, perché non aveva mai avuto timore di perderlo.

Poco dopo, alla cava dissero che Ranocchio era morto, ed ei pensò che la civetta adesso strideva anche per lui la notte, e tornò a visitare le ossa spolpate del grigio, nel burrone dove solevano andare insieme con Ranocchio. Ora del grigio non rimanevano più che le ossa sgangherate, ed anche di Ranocchio sarebbe stato così. Sua madre si sarebbe asciugati gli occhi, poiché anche la madre di Malpelo s'era asciugati i suoi, dopo che mastro Misciu era morto, e adesso si era maritata un'altra volta, ed era andata a stare a Cifali colla figliuola maritata, e avevano chiusa la porta di casa. D'ora in poi, se lo battevano, a loro non importava più nulla, e a lui nemmeno, ché quando sarebbe divenuto come il grigio o come Ranocchio, non avrebbe sentito più nulla.
Verso quell'epoca venne a lavorare nella cava uno che non s'era mai visto, e si teneva nascosto il più che poteva. Gli altri operai dicevano fra di loro che era scappato dalla prigione, e se lo pigliavano ce lo tornavano a chiudere per anni ed anni. Malpelo

seppe in quell'occasione che la prigione era un luogo dove si mettevano i ladri, e i malarnesi come lui, e si tenevano sempre chiusi là dentro e guardati a vista.

Da quel momento provò una malsana curiosità per quell'uomo che aveva provata la prigione e ne era scappato. Dopo poche settimane però il fuggitivo dichiarò chiaro e tondo che era stanco di quella vitaccia da talpa, e piuttosto si contentava di stare in galera tutta la vita, ché la prigione, in confronto, era un paradiso, e preferiva tornarci coi suoi piedi.

- Allora perché tutti quelli che lavorano nella cava non si fanno mettere in prigione? - domandò Malpelo.

- Perché non sono malpelo come te! - rispose lo Sciancato. - Ma non temere, che tu ci andrai! e ci lascerai le ossa! -

Invece le ossa le lasciò nella cava, Malpelo come suo padre, ma in modo diverso. Una volta si doveva esplorare un passaggio che doveva comunicare col pozzo grande a sinistra, verso la valle, e se la cosa andava bene, si sarebbe risparmiata una buona metà di mano d'opera nel cavar fuori la rena. Ma a ogni modo, però, c'era il pericolo di smarrirsi e di non tornare mai più. Sicché nessun padre di famiglia voleva avventurarcisi, né avrebbe permesso che si arrischiasse il sangue suo, per tutto l'oro del mondo.

Malpelo, invece, non aveva nemmeno chi si prendesse tutto l'oro del mondo per la sua pelle, se pure la sua pelle valeva tanto: sicché pensarono a lui. Allora, nel partire, si risovvenne del minatore, il quale si era smarrito, da anni ed anni, e cammina e cammina ancora al buio, gridando aiuto, senza che nessuno possa udirlo. Ma non disse nulla. Del resto a che sarebbe giovato? Prese gli arnesi di suo padre, il piccone, la zappa, la lanterna, il sacco col pane, il fiasco del vino, e se ne andò: né più si seppe nulla di lui.

Così si persero persin le ossa di Malpelo, e i ragazzi della cava abbassano la voce quando parlano di lui nel sotterraneo, ché hanno paura di vederselo comparire dinanzi, coi capelli rossi e gli occhiacci grigi.

Printed in Great Britain
by Amazon

66298086R00020